MARTIN LUTHER

Wir glauben all an einen Gott

Wir glauben all an einen Gott

Das «Patrem» zu deutsch

Wir glauben all an einen Gott,
Schöpfer Himmels und der Erden,
Der sich zum Vater geben hat,
Daß wir seine Kinder werden.
Er will uns allzeit ernähren,
Leib und Seel auch wohl bewahren,
Allen Unfall will er wehren,
Kein Leid soll uns widerfahren.
Er sorgt für uns, hüt und wacht,
Es steht alles in seiner Macht.

Wir glauben auch an Jesum Christ,
Seinen Sohn und unsern Herren,
Der ewig bei dem Vater ist,
Gleicher Gott von Macht und Ehren,
Von Maria, der Jungfrauen,
Ist wahrer Mensch geboren
Durch den heilgen Geist im Glauben
Für uns, die wir warn verloren,
Am Kreuz gestorben und vom Tod
Wieder auferstanden durch Gott.

Wir glauben an den heilgen Geist.
Gott mit Vater und dem Sohne,
Der aller Blöden Tröster heißt
Und mit Gabet zieret schone,
Die ganz Christenheit auf Erden
Hält in einem Sinn gar eben,
Hie all Sünd vergeben werden,
Das Fleisch soll auch wieder leben.
Nach diesem Elend ist bereit
Uns ein Leben in Ewigkeit.